どうぶつのかぞく パンダ

ぼくのなまえは ユウユウ

小手鞠《こでまり》るい 作　サトウユカ 絵　今泉忠明《いまいずみただあき》 監修

講談社

さやさやと、竹《たけ》の葉《は》っぱが鳴《な》っている。
おかあさんといっしょに、朝《あさ》ごはんを食《た》べる。
すずしい竹林《たけばやし》のなかで。
おかあさんは、ふとい竹《たけ》の幹《みき》をりょうほうの手《て》に持《も》って、
シャーッ、シャーッと、かわをはぐようにして食《た》べる。

ぼくもおかあさんのまねをして、食《た》べてみる。
おかあさんのひざの上《うえ》で。
ほそい竹《たけ》の枝《えだ》をりょうほうの手《て》に持《も》って、ガシガシ、ガシガシ、歯《は》でかんでみる。
かむたびに、とってもいいにおいが、ぼくの鼻《はな》をくすぐる。
竹《たけ》の葉《は》っぱのにおいが、ぼくは大《だい》すきなんだ。

おなかがいっぱいになった。
おかあさんがぼくの顔《かお》を見《み》て、
にっこりわらった。
「おさんぽに行《い》こうか？」
「うん！」
ぼくたちは、竹林《たけばやし》をあとにして、
野原《のはら》へむかった。
草《くさ》がいっぱい生《は》えていて、
花《はな》もいっぱい咲《さ》いている、
見晴《みは》らしのいい野原《のはら》だ。
おかあさんは、のっし

のっしと歩《ある》いていく。
ぼくはその
うしろから、
よちよち、
とことこ、
ついていく。

ようし、おかあさんを追《お》いぬいてやるぞ。

「おかあさん、かけっこだよ。よーい、ドン!」

ぼくは、おかあさんを追《お》いぬいた。追《お》いぬいて、走《はし》った。

とくいになって、どんどん走《はし》った。

春風《はるかぜ》といっしょに走《はし》った。

「ああっ」

きゅうな下《くだ》り坂《ざか》のとちゅうで、ぼくはころんでしまった。

ころんだって、へいきだ。

背中《せなか》をまるめたまま、ころころころころころころーん、ぼくはまんまるくなって、坂《さか》をころがっていく。

すると、おかあさんもぼくのまねをして、ころがりはじめた。

ごろごろごろーん、ごろごろごろーん、どかーん、どすーん、どかーん……。

まるで岩《いわ》みたいだ。

おかあさんがころがると、地面《じめん》がふるふるふるえた。

ころがりっこをしながら、ぼくたちは、野原《のはら》についた。
うわーっ、なんてすてきなかおりなんだろう。
クローバーの花《はな》がまんかいになっている。
花《はな》から花《はな》へ、みつばちたちが飛《と》びまわっている。
とってもいそがしそうだ。
葉《は》っぱのまわりで、ちょうちょうがひらひら飛《と》んでいる。
とっても楽《たの》しそうだ。

あっ！　見《み》つけた。　これはあざみだ。
おいしそうなあざみの葉《は》っぱをもぐもぐ。
食《た》べながら、　草《くさ》の上《うえ》にねころんでみる。
うわぁ、　きもちいいなぁ。
ふかふかの草《くさ》のベッドが、　ぼくは大《だい》すきだ。
ねころんで、　空《そら》をながめる。
雲《くも》がうかんでいる。
おいしそうな雲《くも》だ。

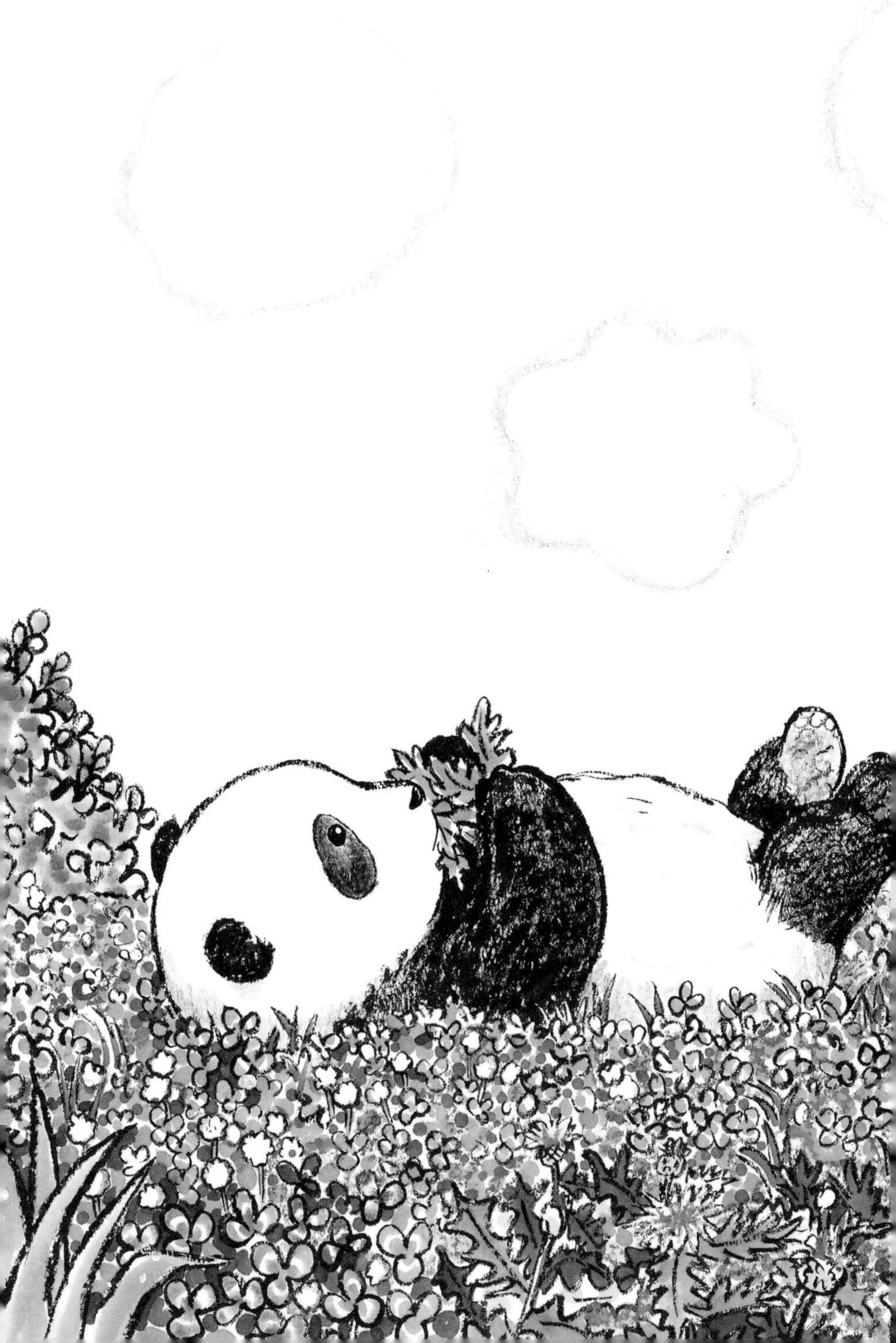

あの雲《くも》をちぎって、
食《た》べてみたいな。
そんなこと、
できるのかな。
かんがえていると、
ねむくなってきた。
そろそろ、
おひるねしよう。
ぼくのとなりで
ねっころがっている、
おかあさんに

ぴったりくっついて、
ぼくはまぶたをとじた。

――こんにちは、聞《き》こえる？
友《とも》だちの声《こえ》が聞《き》こえてきた。
おひるねをしているとき、夢《ゆめ》のなかに、いつも出《で》てくる友《とも》だちの声《こえ》だ。
なまえも知《し》らないし、どこにすんでいるのかも、わからないんだけど。
ぼくは友《とも》だちにむかって、話《はな》しかけた。
ねえ、きみのなまえは、なんていうの？
ぼくのなまえは、ユウユウ。
ぼくのおうちはね、高《たか》くてけわしい山々《やまやま》にかこまれた、竹林《たけばやし》のなかにあるんだ。

近《ちか》くには岩山《いわやま》があって、
どうくつがあって、
森《もり》や林《はやし》があって、
野原《のはら》や草原《そうげん》があって、
谷川《たにがわ》が流《なが》れている。
滝《たき》もあるんだよ。
きみは、どこにすんでいるの?
きみは今《いま》、なんさい?

あのね、これはぜんぶ、おかあさんから聞《き》いた話《はなし》なんだけど。

ぼくが生《う》まれたのは、おととしの夏《なつ》だった。

生《う》まれたばかりの赤《あか》んぼうだったとき、ぼくのからだは、おかあさんの手《て》のひらに、すっぽりおさまってしまうほど、小《ちい》さかったらしい。

身長《しんちょう》は十五センチ、体重《たいじゅう》は百グラム。

おかあさんの体重《たいじゅう》は、ぼくの千倍《ばい》の、百キログラム。

「ユウユウが生《う》まれたときにはね、ピンク色《いろ》のふにゃふにゃのからだに、白《しろ》い毛《け》がほわほわっと、生《は》えているだけだったのよ」

おかあさんは一日中《いちにちじゅう》、胸《むね》にぼくを抱《だ》きかかえたまま、お乳《ちち》をのませてくれたり、からだをなめてくれたり、子守唄《こもりうた》を歌《うた》ってくれたり、物語《ものがたり》を聞《き》かせてくれたり。

一生《いっしょう》けんめい、ぼくの世話《せわ》をしてくれたんだ。

起《お》きているときも、寝《ね》ているときも、おかあさんといっしょ。

おかあさんに守《まも》られて、ぼくはみるみるうちに大《おお》きくなっていった。

そしていつのまにか、
耳《みみ》と、目《め》のまわりと、
肩《かた》と、手足《てあし》に、
黒《くろ》い毛《け》が生《は》えてきたんだ。

食《た》べるのも、遊《あそ》ぶのも、おかあさんといっしょ。
おかあさんはぼくの、たったひとりの家族《かぞく》。
ぼくはおかあさんの、たったひとりの家族《かぞく》。
ねえ、きみには、どんな家族《かぞく》がいるの？
いつか、きみに会《あ》えたらいいな。
きみはぼくの友《とも》だちで、ぼくはきみの友《とも》だちだから。
きみは、どんなおうちに、すんでいるの？
そこには、竹《たけ》がいっぱい生《は》えている？
夢《ゆめ》のなかで、そう問《と》いかけて、答《こた》えがかえってくるのを
待《ま》った。

「ユウユウ、そろそろおうちに帰《かえ》ろうね」

耳《みみ》のそばで、おかあさんの声《こえ》が聞《き》こえて、ぼくは目《め》をさました。

クローバーの野原《のはら》をあとにして、おかあさんといっしょに坂道《さかみち》をあがっていった。

おりるのはかんたんだったけど、あがるのはたいへんだ。

ああ、おかあさんの、あのでっかい背中《せなか》にのっかりたいな。

ちょっと、のっかってみようかな。

「よいしょっと……」

つぎの瞬間《しゅんかん》――つるん！

「だめだ。落《お》っこちちゃった」

おかあさんは、坂道《さかみち》をずんずん、あがっていく。
おくれないように、ぼくはとことこ、あとからついていく。

竹林《たけばやし》の近《ちか》くまでもどってきたとき、ぼくは立《た》ちどまって、言《い》った。

「おかあさん、見《み》てて！」

目《め》の前《まえ》には、大木《たいぼく》が三本《ぼん》。

そのうちの一本《ぽん》に、ぼくは登《のぼ》りはじめた。

おかあさんは、ちょっとだけ心配《しんぱい》そうな顔《かお》をして、ぼくを見《み》つめている。

きのう登《のぼ》ったのは、いちばん低《ひく》い木《き》だった。

きょうは、それよりも高《たか》いこの木《き》に、ちょうせんしてみたかったんだ。

半分《はんぶん》くらいまで、登《のぼ》ってきたときだった。

ぐいっと右手《みぎて》でつかまった枝《えだ》が、ポキンと音《おと》を立《た》てて、根《ね》もとから折《お》れた。

「うわあっ」

大声《おおごえ》をあげながら、そのまま地面《じめん》までまっさかさま。

ドスン！

いててて……。

おでこを打《う》ってしまった。

「ユウユウ、だいじょうぶ？　いたかったでしょ？」

「だいじょうぶだよ。いたくない。たんこぶができちゃったけど」

「枝《えだ》につかまるときにはね、まず、その枝《えだ》をよく見《み》るの。さわって、枝《えだ》のかたさや枝《えだ》の形《かたち》を、ちゃんとたしかめるの。枯《か》れている枝《えだ》や若《わか》い枝《えだ》には、つかまっちゃだめなの。強《つよ》くて、がんじょうな枝《えだ》だけにつかまるのよ」

「うん、わかった」

たんこぶをさすりながら、ぼくは木《き》の上《うえ》のほうを見《み》た。

落《お》ちた木《き》のとなりには、三本《ぼん》のなかでいちばん高《たか》い木《き》が立《た》っている。

いつかきっと、あの木《き》のいちばん上《うえ》まで登《のぼ》ってやるぞ。

そうしたらきっと、空《そら》の雲《くも》にだって、手《て》が届《とど》くはずだ。

ごはんを食《た》べて、おさんぽに出《で》かけて、おうちに帰《かえ》ると
ちゅうで、ぼくは毎日《まいにち》、木登《きのぼ》りにちょうせんした。

「がんばれ、がんばれ、その調子《ちょうし》よ」

「あともう少《すこ》しよ」

「ああ、その枝《えだ》はだめ！」

あーあ、きょうもまた、落《お》っこちちゃった。

だけど、きのうよりは、上《うえ》のほうまで行《い》けたかな。

少《すこ》しずつ、少《すこ》しずつ、ぼくはじょうずに登《のぼ》れるようになっ
ていった。

そんなある日《ひ》のことだった。

「おかあさん、見《み》て！」

ぼくはついに、木《き》のいちばん上《うえ》まで登《のぼ》ることに成功《せいこう》した。

二ばんめに高《たか》い木《き》のてっぺんだ。

「ヤッホー！」

遠《とお》くにそびえている山々《やまやま》が、なんだか近《ちか》くにあるように感《かん》じられる。

ふと、ぼくは思《おも》った。

もしかしたら、いつも夢《ゆめ》のなかに出《で》てくる「友《とも》だち」は、あの山《やま》のむこうに、すんでいるのかもしれないな。

大《おお》きな声《こえ》で、呼《よ》びかけてみた。

「おーい、おーい、聞《き》こえるかーい？」

「ぼくの声《こえ》、聞《き》こえますかー？　ぼく、ユウユウだよー」

「ユウユウだよー。ぼくのなまえはユウユウだよー」

答《こた》えがかえってくるのを待《ま》った。

あたりはしずまりかえっている。
一、二、三秒後《びょうご》――
答《こた》えがかえってきた！

――ユウユウ、ユウユウ、ユウユウ、ユウユウ……

うわーすごい、友《とも》だちがぼくのなまえを呼《よ》んでくれている。

友《とも》だちは、ひとりじゃないみたいだ。

「ねえ、おかあさん、聞《き》こえた？　友《とも》だちの声《こえ》が聞《き》こえたよ。みんな、ぼくのなまえを呼《よ》んでくれてるよ」

おかあさんは言《い》った。

「あれはね、こだまなの。山《やま》にむかって大声《おおごえ》を出《だ》すと、ユウユウの声《こえ》が山《やま》にぶつかって、またユウユウのところにもどってくるのよ」

「なぁんだ」

そろそろ、おりよう。
そう思《おも》って木《き》の下《した》を見《み》ると、下《した》からぼくを見《み》あげている、おかあさんの顔《かお》が見《み》えた。
あれっ！
びっくりして、心臓《しんぞう》が止《と》まりそうになった。
おかあさんはてっきり、にこにこわらっていると思《おも》っていたのに——
おかあさんが泣《な》いている！
どうしたの？　おかあさん、どうして泣《な》いているの？
何《なに》がそんなに悲《かな》しいの？

ふしぎでたまらなかった。

ぼくはあわてて木《き》からおりた。

あわててはいたけれど、落《お》っこちないで、下《した》までおりることができた。

おかあさんがおしえてくれたとおり、ちゃんと枝《えだ》の強《つよ》さをたしかめながら、注意《ちゅうい》ぶかくおりたからだ。

「じょうずに木登《きのぼ》りができるようになったわね」

木《き》からおりてきたぼくの頭《あたま》を、おかあさんはやさしく、なでてくれた。

そのとき、おかあさんは、いつもの笑顔《えがお》にもどっていた。

だから、泣《な》いていた理由《りゆう》は、ぼくにはわからなかった。

理由《りゆう》がわかったのは、つぎの日《ひ》の朝《あさ》のことだった。
目《め》をさましたとき、あたりに、おかあさんのすがたがない
ことに気《き》づいた。
おかしいな。

きょうは、先《さき》にひとりで、朝《あさ》ごはんを食《た》べに、どこかの竹《たけ》林《ばやし》まで出《で》かけたのかな。

そう思《おも》って、ぼくは大急《おおいそ》ぎで、近《ちか》くの竹林《たけばやし》まで走《はし》っていった。

竹《たけ》をかきわけるようにして、おかあさんをさがした。

「おかあさん、おかあさん、どこにいるの？」

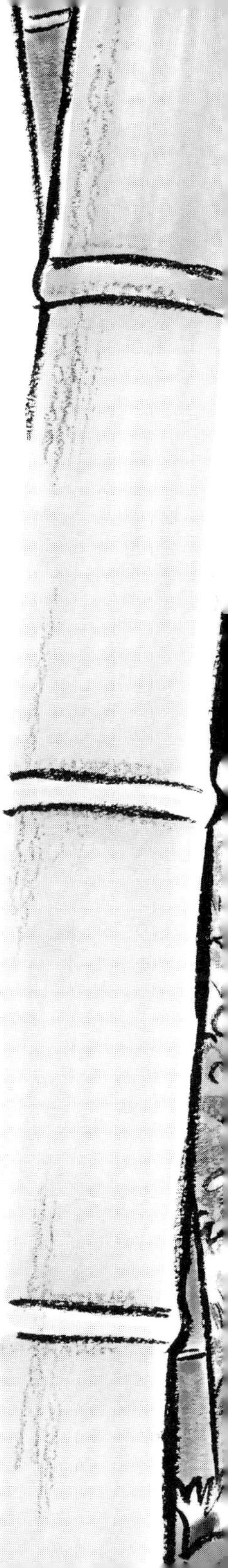

さがしても、さがしても、おかあさんは見《み》つからない。
おかあさんが、いなくなった！
おかあさん、どこへ行《い》ってしまったの？
心《こころ》ぼそくて、さびしくて、とうとうぼくは、泣《な》きだしてしまった。

おかあさん、どこにいるの？
おかあさん、もどってきて！
ぼくは竹林《たけばやし》のまんなかにすわりこんで、泣《な》きつづけた。

「ユウユウ……聞《き》こえる？　……ユウユウ……」

遠《とお》くのほうから、おかあさんの声《こえ》が聞《き》こえてきた。

思《おも》わず立《た》ちあがって、耳《みみ》をすました。

「ユウユウ……よく聞《き》いて……」

竹林《たけばやし》にすいこまれて、今《いま》にも消《き》えてしまいそうな声《こえ》だ。

「よく聞《き》いて……きょうからあなたは、ひとりで生《い》きていくの。ひとりでりっぱに生《い》きていくの……パンダはみんなそうなのよ。パンダはみんな、ひとりで、たくましく、生《い》きていくの」

ひとりで？

たったひとりで？

ぼくは、からだじゅうから声《こえ》をふりしぼるようにして、さけんだ。

「いやだよ！　いやだよ！　そんなの、ぜったいにいやだよ。もどってきて、おかあさん、もどってきて。いっしょにごはんを食《た》べようよ。いっしょに野原《のはら》で遊《あそ》ぼうよ」

おかあさんの答《こた》えがかえってくるのを、待《ま》った。

答《こた》えはどこからも、かえってこなかった。

風《かぜ》が、おかあさんの泣《な》き声《ごえ》を運《はこ》んできた。

ぼくはその泣《な》き声《ごえ》にむかって、走《はし》った。

走《はし》っても、走《はし》っても、おかあさんの泣《な》き声《ごえ》は、遠《とお》ざかるばかりだった。

クローバーの野原《のはら》まで走《はし》ってきたとき、おかあさんの声《こえ》は、もうどこからも聞《き》こえなくなっていた。

ぼくのたったひとりの家族《かぞく》はいなくなった。
ひとりぼっちになってしまった。
これから、どうやって、生《い》きていったらいいんだろう。
ぼくはクローバーの野原《のはら》のなかで、わあわあ泣《な》いた。

「……ユウユウくん……ユウユウくん、聞《き》こえる？」

だれの声《こえ》だろう。

おかあさんの声《こえ》にちょっと似《に》ているけれど、おかあさんの声《こえ》じゃない。

涙《なみだ》をぬぐいながら、立《た》ちあがって、あたりを見《み》まわした。

だれもいない。いるわけがない。

でも、たしかに、どこからか、かすかに声《こえ》が聞《き》こえてくる。

「あたしのなまえはね……バオバオっていうの」

バオバオ？

「あたしは、あなたのおねえさんよ」

え？　おねえさん？　ぼくに、おねえさんがいたの？

別《べつ》の方向《ほうこう》から、こんどは男《おとこ》の子《こ》の声《こえ》がした。

「ぼくはベイベイだよ。ぼくはきみのおにいさんだ」

ええっ？　おにいさん？　ぼくには、おにいさんもいるの？

もっと遠《とお》くから、力強《ちからづよ》い声《こえ》がひびいてきた。

「おれはおまえのおとうさんだ。なまえは、ティアンティアンだ」

おとうさんと、おにいさんと、おねえさんがいる！

どこに？

どこにいるの？

そうだ！

クローバーの野原《のはら》をあとにすると、坂道《さかみち》をかけあがって、三本《ぼん》の木《き》が立《た》っているところまでもどってきた。

背《せ》の高《たか》い木《き》を見《み》あげた。

今《いま》まで一度《いちど》も登《のぼ》ったことのない、いちばん高《たか》い木《き》だ。

上《うえ》のほうの枝《えだ》の先《さき》には、ちぎれ雲《ぐも》が引《ひ》っかかっているかのように見《み》える。

あの木《き》のてっぺんまで登《のぼ》れば、きっと、おとうさんとおにいさんとおねえさんに会《あ》える。

大《だい》すきなおかあさんにも？

幹《みき》にしっかりと爪《つめ》を食《く》いこませて、登《のぼ》っていった。
枝《えだ》の強《つよ》さと形《かたち》をたしかめながら、注意《ちゅうい》ぶかく、少《すこ》しずつ、
じりじりと。

とちゅうで少《すこ》し、休《きゅう》けいをした。
山《やま》のむこうから、友《とも》だちがぼくを、応援《おうえん》してくれているような気《き》がした。
みんな、見《み》ててね、ぼく、いちばん上《うえ》まで行《い》くからね。

さいごの枝《えだ》につかまって、ぼくは木《き》のてっぺんまでたどりついた。
そこから見《み》わたしたけしきは、今《いま》まで見《み》た、どんなけしきともちがっていた。
まるで、うちゅうをながめているようだった。
ぼくは、目《め》をパチパチさせながら、うちゅうのけしきに見《み》とれた。
すごい、すごい、すごいなぁ。

あそこにも、そこにも、ここにも。
もっとむこうにも、そのもっとむこうにも。

あそこにも、ここにも、パンダがいる！

やっぱりぼくの友《とも》だちは、たくさんいたんだ。

ここはパンダのうちゅうだ。

小《ちい》さな星《ほし》みたいなパンダが、あちこちに、ちらばっている。夜《よる》になると、ぴかぴか光《ひか》るのかな。

木《き》に登《のぼ》っているパンダがいる。
木《き》の上《うえ》から、ぼくに手《て》をふっている。
「ユウユウくーん、あたし、バオバオよー」
あれが、おねえさんだ。
谷川《たにがわ》でじゃぶじゃぶ、水遊《みずあそ》びをしているパンダがいる。
あれがきっと、おにいさんだ。
野原《のはら》をころがっているパンダがいる。
おかあさんよりも大《おお》きい。
あれがきっと、おとうさんだ。

木《き》のてっぺんから、ひとりひとりに手《て》をふった。

「おーい、ユウユウだよ。ぼくはここにいるよ。ぼくはここで、一生《いっしょう》けんめい生《い》きていくからね。いつかきっと、どこかで会《あ》おうね」

と、そのとき、うちゅうのすみっこで、だれかがぼくに手《て》をふっているのが見《み》えた。
小《ちい》さな小《ちい》さなすがただ。
目《め》をこすって、ぼくはその、小《ちい》さなどんぐりみたいなすがたを見《み》た。
おかあさんだ！
おかあさんがいる！

おかあさんもひとりだった。ひとりで竹《たけ》を食《た》べている。
おいしそうに、むしゃむしゃ食《た》べながら、手《て》をふっている。
おかあさん！　おかあさん！
ぼく、ここにいるよ。
いちばん高《たか》い木《き》のてっぺんまで登《のぼ》れたよ。
ぼくは夢中《むちゅう》で手《て》をふった。ふりつづけた。

……あ！　いけない！
また落《お》っこちちゃった。

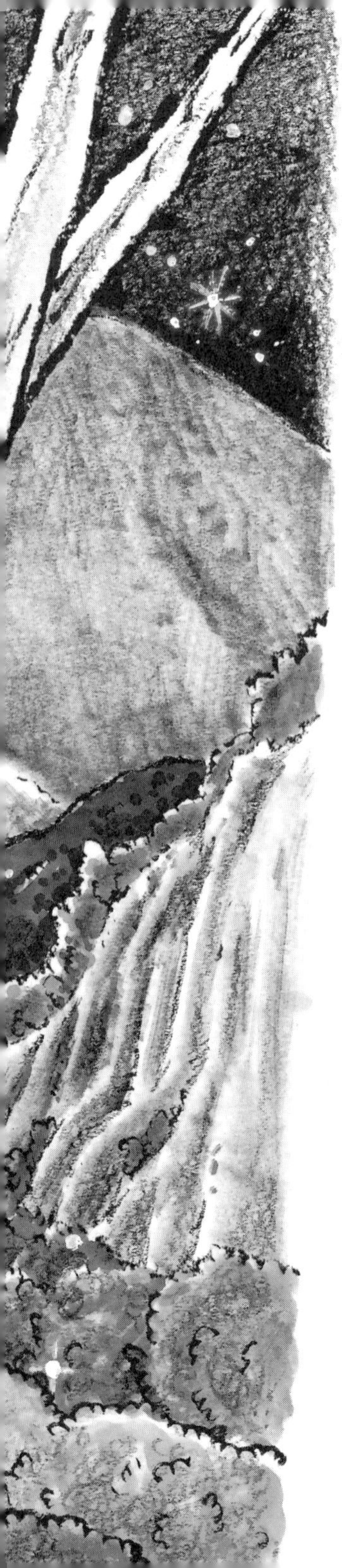

ぼくはきょうも、ひとりでむしゃむしゃ、ひとりでごろーんごろーん。するする木《き》に登《のぼ》って、ひとりですやすや。

でも、ぼくは、ひとりぼっちじゃない。

ぼくには、家族《かぞく》がいる。友《とも》だちもたくさんいる。

だからぼくは、ちっともさびしくないんだ。

……ほんとはね、ちょっぴりさびしい日《ひ》もあるんだけど。

この本《ほん》を読《よ》んでくれたきみへ
ぼくのお話《はなし》、おもしろかった？
ぼくも、きみのお話《はなし》が聞《き》きたいな。
きみのなまえは、なんていうの？
好《す》きな食《た》べ物《もの》は？
好《す》きな遊《あそ》びは？
きみは今《いま》、なんさい？
ぼくに会《あ》いたくなったら、またこの本《ほん》を開《ひら》いてね。
ぼくはいつでもここにいるよ。
また会《あ》える日《ひ》まで、さようなら。

ユウユウより

パンダのまめちしき

パンダにちょっぴりくわしくなるオマケのおはなし

ごちそうは竹《たけ》やたけのこ

パンダは中国《ちゅうごく》生《う》まれの動物《どうぶつ》です。

パンダがすんでいる中国《ちゅうごく》の山《やま》の中《なか》には竹《たけ》がたくさん生《は》えています。パンダという名前《なまえ》はネパール語《ご》の「竹《たけ》を食《た》べるもの」に由来《ゆらい》するといわれています。それくらい竹《たけ》をたくさん食《た》べる動物《どうぶつ》ということですね。

パンダはもともとは肉食動物《にくしょくどうぶつ》でした。そのため、パンダの歯《は》は肉《にく》を食《た》べやすいように大《おお》きくてするどい形《かたち》になっています。でも進化《しんか》の過程《かてい》で竹《たけ》やたけのこを食《た》べてくらすようになりました。

竹《たけ》のほかにも、おはなしにもあったあざみや、きいちご、あじさいなどの葉《は》やくき、ひのきの皮《かわ》なども食《た》べます。

パンダの手《て》には五本《ほん》の指《ゆび》のほかに、指《ゆび》のようなでっぱりが二つあります。
五本《ほん》の指《ゆび》とそれを使《つか》って、竹《たけ》をしっかりとつかみます。

パンダは竹《たけ》をたくさん食《た》べるので、
パンダのうんちはみどり色《いろ》で、
竹《たけ》のいいかおりが
するんですよ。

パンダの赤《あか》ちゃん

パンダは夏《なつ》から秋《あき》にかけて、一頭《とう》か二頭《とう》の赤《あか》ちゃんを生《う》みます。赤《あか》ちゃんはお母《かあ》さんの手《て》のひらにのるくらい小《ちい》さく、生《う》まれたときはまだ白黒《しろくろ》の模様《もよう》はありません。一、二週間《しゅうかん》くらいで白黒《しろくろ》模《も》様《よう》の毛《け》が生《は》えてきます。

お母《かあ》さんはとても小《ちい》さな赤《あか》ちゃんが大《おお》きくなるまで、一日中《いちにちじゅう》つきっきりで世話《せわ》をします。生《う》まれてからしばらくは、お母《かあ》さんがだっこをして育《そだ》てます。

ユウユウくんはお母《かあ》さんの背中《せなか》にのぼっておんぶしてもらおうとして失敗《しっぱい》していました。パンダの毛《け》は短《みじか》くて、指《ゆび》も短《みじか》いのでつかまるのはむずかしく、ニホンザルのようにお母《かあ》さんの背中《せなか》に乗《の》って運《はこ》んでもらうことはできないようです。

パンダのひとりだち

パンダはむれをつくらない動物《どうぶつ》です。パンダは生《う》まれてから一年半《ねんはん》をすぎるとお母《かあ》さんから離《はな》れてなわばりを持《も》ち、一頭《とう》だけでくらすようになります。野生《やせい》のパンダの親子《おやこ》の別《わか》れのしゅんかんを見《み》た人《ひと》はまだいないようですが、子《こ》どもが自然《しぜん》に親《おや》から離《はな》れていくことが多《おお》いのではないかと考《かんが》えられています。

でも、もともとあらそいを好《この》まない動物《どうぶつ》なので、そんなにはげしいなわばりあらそいがあるわけでもなく、ひかくてき近《ちか》いところにすんでいるようです。

すこし人間《にんげん》の家族《かぞく》とにているかもしれませんね。

小手鞠るい｜こでまりるい

1956年岡山県生まれ。同志社大学法学部卒業。1981年「詩とメルヘン賞」、1993年「海燕」新人文学賞、2005年『欲しいのは、あなただけ』で島清恋愛文学賞受賞、2009年絵本『ルウとリンデン 旅とおるすばん』（北見葉胡／絵）がボローニャ国際児童図書賞受賞。主な作品に『うさぎのマリーのフルーツパーラー』『ねこの町の本屋さん ゆうやけ図書館のなぞ』など。

サトウユカ

東京デザイナー学院グラフィックデザイン科イラストレーション専攻卒。さし絵の作品に「ランプの精 リトル・ジーニー」シリーズ、「マグネットドールハウス」シリーズ、『強くてゴメンね』、「こちら動物のお医者さん」シリーズ、『めざせ！ 動物のお医者さん』、「おなべの妖精一家」シリーズなど。

ブックデザイン／脇田明日香
巻末コラム／編集部

参考資料
『おどろきと感動の動物の子育て図鑑 1 いろいろな子育て』今泉忠明・梅澤実／監修（学研）

どうぶつのかぞく　パンダ
ぼくのなまえはユウユウ

2018年12月4日　第1刷発行

作　小手鞠《こでまり》るい
絵　サトウユカ
監修　今泉忠明《いまいずみただあき》
発行者　渡瀬昌彦
発行所　株式会社講談社
〒112-8001 東京都文京区音羽2-12-21
電話　編集 03-5395-3535　販売 03-5395-3625　業務 03-5395-3615
印刷所　共同印刷株式会社
製本所　島田製本株式会社

N.D.C.913 79p 22cm ©Rui Kodemari / Yuka Sato 2018 Printed in Japan ISBN978-4-06-513879-3